AF346445

VENTE
Du Vendredi 13 Juin 1913
HOTEL DROUOT, SALLE N° 9
A QUATRE HEURES
✦

TRIPTYQUE

DE

L'École Flamande

COMMISSAIRE-PRISEUR
M' MARCEL WALTER
EXPERT
M. GEORGES SORTAIS, Peintre
Expert près le Tribunal civil

NOTICE

SUR UN

TRIPTYQUE

DE

L'École Flamande du XVᵉ Siècle

DE LA SUITE DE HANS MEMLING

PROVENANT DE LA

Collection d'un Amateur

DONT LA VENTE AUX ENCHÈRES PUBLIQUES AURA LIEU

HOTEL DROUOT, SALLE Nº 9

LE VENDREDI 13 JUIN 1913

A quatre heures

<table>
<tr><td>

Mᵉ MARCEL WALTER
Successeur de Mᵉ RIDEL
COMMISSAIRE-PRISEUR
8, rue Favart, Paris

</td><td>

M. G. SORTAIS, Peintre
EXPERT PRÈS LE TRIBUNAL CIVIL.
11, rue Scribe
PARIS

</td></tr>
</table>

EXPOSITION PUBLIQUE

Le Vendredi 13 Juin 1913 (Jour de la Vente), de 2 heures à 4 heures

CONDITIONS DE LA VENTE

Elle sera faite au comptant.

L'adjudicataire paiera *dix pour cent* en sus des enchères.

Paris. — Imp. de l'Art, Ch. Berger, 41, rue de la Victoire.

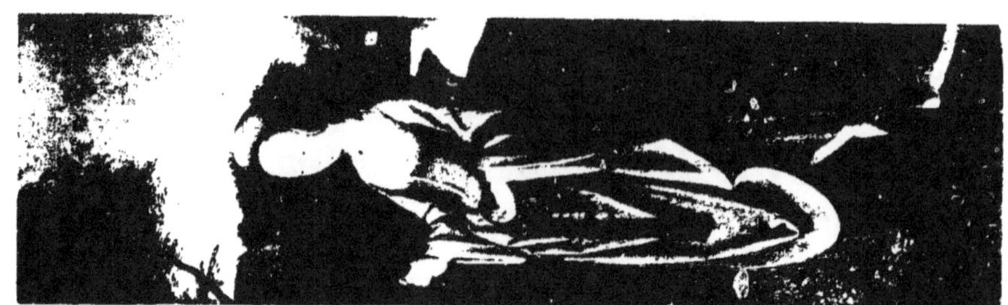

DÉSIGNATION

TRIPTYQUE

ÉCOLE FLAMANDE DU XVe SIÈCLE

DE LA SUITE DE HANS MEMLING

Panneau du milieu :

La Vierge et Sainte Anne

La Vierge vient d'arriver et sainte Anne, sa mère,
l'accueille avec une tendresse grave. La Vierge, vue de
trois quarts à droite, est vêtue d'une stola de velours noir
dégagée en trapèze sur la poitrine et en partie couverte
par une palla d'étoffe grise. Les cheveux blonds sont dé-
noués. Elle baisse les yeux et sa bouche, au dessin délicat,
demeure silencieuse. Devant elle, sa mère est debout de
trois quarts à gauche en costume de drap rouge, la tête
et les épaules protégées par une guimpe de batiste
blanche. Elle porte une ceinture faite de cuir noir du milieu de laquelle pend une chaînette terminée par un bijou
de métal piriforme et godronné. La Vierge a mis sa main
droite dans la main gauche de sa mère tandis que les
deux autres mains, par leur geste indécis, précisent le

mystère dont leurs deux âmes sont enveloppées. Au fond
à droite, sortant de la porte d'un monastère, on voit s'a-
vancer saint Joachim vêtu d'une houppelande verte fourrée
avec une pèlerine violette et tenant son bâton à la main
droite, tandis que sa main gauche prend son point d'appui
à la ceinture dans laquelle le pouce est engagé.

Les deux figures, magnifiquement illuminées de lu-
mière, sont entourées d'un paysage d'été, sous un ciel
d'azur, léger d'atmosphère. A droite, c'est un monastère,
ainsi que nous l'avons dit, avec son donjon et sa flèche ;
au milieu, c'est un massif d'arbres aux frondaisons épaisses
et déjà rouillées par le soleil. A gauche, plus loin que
deux arbres aux troncs légers, on aperçoit une campagne
en contre-bas, traversée par des cours d'eau, et dominée
par les constructions d'une ville.

Ce panneau médian est accompagné de deux volets.
A gauche, sainte Ursule, fille du roi de Bretagne, debout,
en costume de soie brochée d'or avec un corsage d'her-
mine enrichi d'une passementerie à cabochons de pierre-
ries et dont les manches de velours noir apparaissent sous
une palla de pourpre.

Cette sainte, qui est vue presque de face, le genou
droit légèrement porté en avant, le visage impassible dans
l'encadrement de ses longs cheveux ondulés et blonds,
tient sur son bras gauche un missel ouvert, et de sa main
droite une flèche dont la pointe est dirigée vers le sol.
Elle est entourée d'un groupe nombreux de fillettes debout, en prière ; l'une à sa gauche, vêtue de vert et d'o-
range, a les mains jointes ; l'autre à sa droite, vêtue de
rouge, soulève le pan de sa robe fourrée de sa main
droite et tient sa main gauche relevée. Ces fillettes sym-
bolisent les nombreuses compagnes de sainte Ursule, qui
furent, comme elle, martyrisées par les Huns, à coups de

flèches. Derrière ce groupe, d'aspect virginalement mystique, le paysage s'étend montagneux, continuant sous un ciel nuageux le mouvement du terrain occupé par la gauche du panneau médian.

L'autre volet représente sainte Marthe en costume rouge bordé de fourrure blanche, et relevé sur une robe de dessous noire. Elle est coiffée d'un chapeau à bourrelet (mode du xvᵉ siècle) sur ses cheveux blonds.

Elle est vue de trois quarts à gauche et elle tient de sa main gauche un petit seau en cuivre pour l'eau bénite, et, de sa main droite, un goupillon.

Derrière elle, on aperçoit un paysage boisé traversé par une rivière, de l'autre côté de laquelle s'élève des maisons. Au premier plan, il y a des plantes finement indiquées.

Quand on ferme ce triptyque, on trouve sur la face extérieure des deux volets deux figures peintes en camaïeu gris et représentant l'Annonciation : La Vierge, debout, de trois quarts à gauche et tenant un livre de prières ouvert dans ses deux mains, occupe le volet de droite. L'archange Gabriel, de trois quarts à droite, le bras et la main gauche levés et un cierge dans la main droite, occupe le panneau de gauche.

Bois.

Panneau du milieu : Haut., 595 millim.; larg., 42 cent.
Volets intérieurs : Haut., 61 cent.; larg., 18 cent.
Volets extérieurs : Haut., 61 cent.; larg., 18 cent.